海面寂寞得離奇

施文英 著

自序　那一泊幽雅的澄明

　　年少時喜歡涉獵古今詩詞，也隨興塗寫一些詩作，但自己一直認為詩詞是很高的境界，平庸如我，何能企及？自己的塗鴉之作也從不敢輕易發表，出國、搬遷，這些不成熟的作品散失殆盡，詩心也擱置一旁。直到負笈法國之後，才又重新點燃起對詩歌的熱情。

　　初學法文時溫婉的法文老師，令我印象深刻。當初吸引我的不僅僅是她的美麗，還有她的教課方式。除了正式的法語課本之外，她要我們每人買一本賈克‧普維（Jacques Prévert）的詩集《話語》（Paroles）。上課時聽她用抑揚頓挫的音調朗誦詩歌，是莫大的喜悅，同時也開啟了我們對法文詩篇的愛好。

　　普維的詩簡明易懂，但以我當時的法文程度，讀書經常是「不求甚解」。只覺得他的詩歌有一種純樸的美，終日捧著一本詩集誦讀。好長一段時日之後，細讀詩詞，才逐漸領會到陶淵明的那種「每有會意，便欣然忘食」的境地。

　　有一次，經過巴黎萬森公園的遊樂場，許多人東倒西歪，坐在摩天輪上歡呼狂喊，發出爆炸式的瘋笑。看著轉動不息的巨大圓輪，我突然想起了《話語》中的一首小詩〈紅馬〉，嘗試著翻譯成中文如下：

　　　　在謊言的迴轉台上
　　　　你微笑的紅馬

旋轉著

我站在那裡膠著不動

手執悲哀的事實之鞭

我無話可說

你的微笑也一樣真實

一如我的四種真相

（施文英　譯）

每一朵微笑，都蘊涵著各自不同的真相。

這不就是我走遍天涯海角，千尋萬覓，卻總是錯過的詩意嗎？而不期然，就在這異國他鄉，就在眼下，遇見了：那一泊幽雅的澄明……

走在跨越巴黎五區和十三區的戈伯蘭大道時，禁不住也會想起另一首〈星期日〉的詩：

在戈伯蘭大道的兩排樹林間

一尊大理石雕像牽我手導我前行

今天是星期天戲院爆滿

枝椏間鳥兒俯視著人類

而雕像擁抱我卻無人看見

除了一個用手指著我們的盲童

（施文英　譯）

用一知半解的異國語文讀詩，懵懵懂懂的感覺，有一種霧裡觀花的美感；和年少時讀玉谿生的「直道相思了無益，未妨惆悵是清

狂」，似懂非懂的經驗，十分接近。

用另一種語言讀詩，完全要打破凡事理所當然的條規，令我開始尋找，反思，質疑：詩為什麼要這樣寫？為什麼運用這種風格和語句？這種新的語言，不同尋常的思維方式，開啟了我在文學領域裡新的視象，彌補了我年少時的匱乏，創作資源的不足。

其後，修習法國文學，又再次將我引入一種奇異的文學境地。大文豪雨果（Victor Hugo）、象徵派詩人波特萊爾（Charles Pierre Baudelaire）的詩作，現在已經有愈來愈多的中文譯本；但透過譯文，似乎多少失去了一些東西。用原文閱讀詩作，是另一番旖旎的感受！超現實主義詩人阿波里奈爾（Guillaume Apollinaire）的詩，尤其拓展了我的想像空間，使我拋開了一向的惰性與慣性，以全新的眼光來看視身邊平凡的事物，也嘗試著提筆寫下一些異鄉的感觸，生活的點滴。這些詩作，陸續在法國《華報》的「世華詩苑」上發表，得到了海外各地文友的鼓舞。

在寂寥的他鄉，向故園張望，酸甜苦辣的綜合情緒，充塞心頭。放眼海外，抑鬱不得志的文人何其多！憤世嫉俗、狂傲自卑的矛盾心態，逐漸磨損往昔的豪情壯志。異國的土壤，難道只能滋生失意酸腐的情緒？日常紛亂駁雜的生活，只能衍生歲月蹉跎的悔恨？答案應該是相反的！法國豐富的詩世界，醞釀了詩的萌芽，扶植了詩的茁壯；而詩的創作，豐富了生活，充實了生命。

近幾年來，法國正逐漸走出詩的黯淡期。詩的出版經歷了長時間的蕭條，詩的流派紛繁，使得詩人們長久以來，陷入了追求形式與怪誕的漩渦，無所適從。如今，每年三月的「詩人之春」，詩歌比賽的舉辦，各地詩會的興起，帶動了詩風。為配合一年一度巴黎國際書展的舉辦，大巴黎區所有的地鐵站、車廂內，都張貼了世界

各地的新舊詩作，或詩歌比賽的優勝作品。

全球相繼刮起了現代詩風，世界各地的交通要站到處可見新詩的駐站。台北的捷運站也都張貼了在地詩人的新詩，選出各個城市的優秀詩人作品。站台裡外，蔚成一片燦爛的詩海，讓人感受到季節的美好，夢想乘著詩歌的翅膀，飛出天外，到美麗奇妙的新世界去遨遊。

詩壇復甦，一度迷失方向的各國詩人，重拾靈感，出版詩作。受到昂揚詩興的感染，我也著手整理多年來的詩稿，匯集成書。

近幾年，被海外文友拉進了一些文學群，隨興也和文友們一起，參加中國大陸的一些文學獎，都能僥倖獲獎。文學的殿堂對於我來說，原本是高不可攀的，在文友們及屢次獲獎的鼓勵下，逐漸增強了信心。

如今，感覺到文學離我不那麼遙遠了。多年來殷勤澆灌培植的文學幼苗，逐漸茁壯成長，自認為已經到了可以採摘果實的階段。自己從前的詩作，因為自覺不夠分量，一直都不敢輕率收錄出版；那時電腦寫作還不盛行，其後因為出國遷居，詩作全都失散；甚至連後來在報上登載的詩歌，也因為多次更換電腦，沒有好好收存，多半流失，心中一直十分遺憾。對於近幾年來寫的詩，即使不夠完美，也覺得有了一種收集出版的必要。

與其抱憾終生，坐而言，不如起而行？付諸行動，才是上策。

當前海外的華文文藝界，彌漫著一股浮誇的歌功頌德之風。文學，理應超然於物外，不該淪為金錢或其他物質甚至某些階層的工具，失去了自我，在商業大潮中淹沒。從事文學創作，即使不能肩負起修正時代文風，端正時弊的使命，也絕不能流於凡俗，媚於世態。美國總統甘迺迪（John F. Kennedy）曾經說過：「權力使人腐

化，詩使人淨化」，期盼在淨化一己的心靈之餘，也能在目前功利的社會裡注入一泉清淨活水！

施文英

2022年春改寫於巴黎

目次

和暖的四月

攜著陽光去踏青
楊柳垂下
長長短短的句子
任我捻成青綠的詩束

鳥聲堆積在雲層
濃淡起伏著
讓風織出絲柔
緊緊裹住
一個和暖的四月

問粉桃銀杏
能否透支一些芬芳
給我帶回家
放在房前屋後
散發溫軟的清香

2022年4月

離別

我撿起我的外衣　如同
撿起我的影子
揮手告別昔日腳印
那深深陷入泥層的情感
紋絲不動

你持贈一把當令的蔬菜
失手散落了滿地青葉
那是瑣碎的人間事啊
無法掇拾
連同我倉皇的心緒

你如果清掃
那夜間降臨的霜雪
只一搖頭
星星就紛紛跌落下來

2022年4月

綜合媒材：〈沖出太虛〉／繪：施文英

暮秋

秋天　把城市染成橘紅色
歡樂過往　浮現在人間蒼涼煙火裡
遠景朦朧　你的夢想無法生根
你終於明白
生命每個時刻的感覺都真實存在
唯獨欠缺現在

生活沒有耐心
你走得太慢　跟不上它的節奏
現實就把玉弄碎
留下粗糙的你
如漢瓦一樣
在陽光照不到的角落
沉思一生

2021年11月

綜合媒材：〈新赭〉／繪：施文英

（此畫於2022年 8 月，中國藝術平台舉辦的「首屆中外藝術家美術書法藝術精品聯展」中，榮獲優秀獎。）

時光老去我不老

冷風在屋外遊蕩
夜色混進來
聽我的骨節咯咯聲響
輕唱歲月的歌

任時光老去
我拒絕它帶走
年輕的陽光雨露
飄落的雪花
我感覺猶如夏日微雨

任頸椎僵硬
我依舊數星星
不再用力抬頭
瀟灑躺成大字
仰臥在青草地上

春夏的花果　屬於認真
描繪前景的人　不問年歲
擁有夢想　是美的殿堂

唯一的通關密碼

2022年1月16日

.

.

綜合媒材：〈悠悠歲華〉／繪：施文英

手機

全世界都在雲端相會
餐廳裡　火車上
我感覺到每個人都揮動著
那片扁平的玻璃武器
砍斷了我日常生活的熱情

我不確定要不要開機
一打開　一幅又一幅
堅硬的風景就會跳出
催眠季節的神經
心靈的時鐘隨著鬧罷工
情緒小貓徹底弄亂我的腦線團

那小小框架裡的細菌
正啃蝕著我的思想
喚走了我的靈魂

2021年11月8日

多風海岸

我生活的這片海岸
長期蕩漾在矛盾的風中
聽時代洪流衝擊出荒謬詞語
辯論像無休止的海岸線
與砂礫內心的聲音抗衡

眼前日子佈滿濃霧
被動接受各種資訊
心念變成迷路的山雀
穿梭在多風的林木間

人生海洋難以辨認方向
燈塔微光照不清遠方
岸邊草木相互攙扶著
打探救贖自我靈魂的行程

我在海邊垂釣星光
遼闊的海水漫溢上來
停留在眼角
抹之不去

2022年1月8日

水墨畫：〈心之咆哮〉／繪：施文英

星夜

夜的面孔
是一道疲累的短弧形
玻璃纖維的身軀寫出
夜空的祕語
星星挪動碎筆
雕刻時間驕傲的記憶

夜把門開大
天空的窗扇輕掩
鏽色的日子

星星穿著閃亮的衣料
掛著毫無意義的鈴鐺耳環
幻化成奇形異狀
誘惑我與眾生
沉醉於琉璃般的快感
穿透細碎的孤寂

2022 年 2 月 8 日

農家

汗濕淋漓的衫
骯髒褪色的褲
滲透出一日的酸楚
清冷的板凳
承載終年的勞碌

襤褸
只夠換取
生活的無語

一盤青菜
一杯白水
向誰訴清苦

慢慢點燃
剩下的柴火
暫且寄託
炊煙
吐出長長的鬱悶

2021年8月24日

水彩：〈收穫〉／繪：施文英

夜

夢裡有一扇
透空的窗
鑲嵌著星光月色
每晚星星吹起簧管
穿上神話的外衣
婆娑起舞

夜空中滿是風的耳朵
聆聽宇宙中失眠的雀鳥
激烈辯論
時間一點一滴
從掛鐘裡
隨性溜走

2021 年 8 月 24 日

秋

傷感的梧桐
串起
懸掛的鈴
飄蕩空中

那是離人的淚
千年不輟

2021年8月25日

清流

即使乾旱也可以借來遠方的雨滴數行
就像不識字也可以開懷歡唱
沒有風
旗幟也一樣可以自由飄揚

詩心把我們彙聚成一彎清流　綿綿長長
親密無間地淌過平原山巒與牧場
岸邊的歌聲從來沒有如此的悠揚
就連矜持的天空聽罷也幾近瘋狂

大江大河的這一方
哪怕是眼盲
我們也可以從燕子的呢喃輕唱
聽到陽光斑斕的聲響

2021年3月25日

腳傷

石頭從意外裡蹦出來

酷烈參與這場另類人生

跌傷的好像是我

疼痛的又是另一個我

找到前一刻錯誤跨出的腳踵

陌生不敢相認

卻已經被宿命抵達

自己全然記不起

當時踏出門的原因

日子怨怪我太健忘

我只默然把傷腳塞進正能量

不在意哪一個意念

是片刻萌生的怪力亂神

天空把我的心靈倒空

勸我學它的模樣

讓輕盈的小精靈

帶到豐沛的天外

神遊太虛

2020年8月20日

油畫：〈生之韻〉／繪：施文英

向日葵的疑惑

藍山雀飛來預訂葵花籽
聽不見花籽纍纍的笑聲
只見向日葵低垂著頭　釋出靈魂的倦意
金色的芳華消散在草色裡

帶著淒然的神色　葵花悄悄透露
一個不能透露的祕密
一項不被饒恕的罪行
她發現太陽的熱情光亮
不能再撫慰她的憂傷
只有月亮能點燃她心中的愛

愈認識自己就愈不能認識自己
那永遠是主人的主人
不再是主人
她誓願仰望一生一世的愛人
不再是愛人
所有神明之上的神明
在天空架起的神壇之上
不停搖晃

告訴我，藍山雀，如何同天空戰鬥？

2021年4月20日

海面寂寞得離奇

這突然驚醒的小船
漾滿一生的焦慮愁煩
嘆息在一夜之間匯聚起來
濃郁得溢出海面

我無法發現海水的祕密
翡翠的色調疊上水晶的光澤
閃爍著藍寶石的憂心

這波紋沒有上鎖
可以自由航行在波心
魚兒響起脆亮的腳步聲
邀我游走海岸

岸邊紫煙裊裊的花樹
逐漸蒸發散盡了原來的神性
還剩下什麼虛幻的美

覺悟的綠草看得更遠
一泓一泓閃動著前世的記憶
脆弱不能贏得陌生的世界

道義真情徘徊在分叉路口
美德迷失在滾滾紅塵裡

水流往返的奏鳴曲
催促時間的韻律
昔日的風　重唱傷情的老調

這海面寂寞得離奇　懸掛了
太多內心的憂傷　海底
蘊藏了太多祕密
擋不住懷舊情緒的青鳥
飛離樹椏　掙脫水波粼粼的幽藍
逃出平衡的瞬間

2022年4月5日

油畫：〈船〉／繪：施文英

採摘一串夏末的金色

花傘兀自收束了夏日的雨聲
卻擋不住澎湃的熱浪翻騰
暑氣像貓一樣在門口嬉戲
你若經過
請不要忘記帶一束靈感來
我們可以採摘一串夏末的金色
炒上一盤澄明的江湖故事

鮮嫩了一季的花香
終於懂得去欣賞老樹的風情
成熟時的笑聲
從金黃轉成了深褐色
你若離去
請不要忘記　轉身的姿勢
保持華麗的輕盈
如一首華爾滋圓舞曲
優雅滑過　季節的心靈

2021年8月2日

荷姆酒味的咖啡廳

鋼琴慵懶轉動

像縲絲釘一樣

旋轉出

一屋子荷姆酒的氣味

懷舊的樂曲

無力編織

我們幸福的日子

分手與絕裂的愛情氣息

一次又一次

散佈在

咖啡廳一排排長椅上

一次次的情傷

磨損光澤

剝落油漆

呼吸著

疲憊不堪的酒氣

刊登於2021《天下女詩人詩刊》第30期

故鄉歲月

那些遠古的呼喚
在你的夢中
你不知道如何解說

在教堂的尖塔上
你建造了想像的寺廟燕尾
聖母院響亮的鳴鐘
一如節慶的編鐘敲擊

島嶼的歲月
在你的心中沸騰
多少昔日走過的小徑
走進你的臂彎
搖你入夢

曾否
有過一陣雨像一片海
洗去一切難以訴說的
創傷

刊登於2021《天下女詩人詩刊》第30期

綠竹　將我打回俗人原形

蘇東坡擲下這響亮的金句
無竹令人俗
土地豎起了靈魂的耳朵
連聲催促我向竹子學習虛心
未加思考我就在小園栽種了幾莖綠竹
不可免俗地妄想充當雅士

剛開始竹莖翠色欲滴
好奇的天空撥開白雲窺看
還沒有被雲朵的注視
使用過的，新新綠竹
誰知幾年下來
根莖到處蔓延變衰變老
迎春花鳶尾花櫻花樹
在修竹亂根編織的羅網下全軍覆滅
鄰居草坪也不能逃離竹的焰火

忍痛舞刀揮向竹節的虛空
連同我內心的虛空與人生的虛空
自我勞改數月收回一園青翠
綠竹盛宴　精疲力竭謝幕
一盤竹筍　清零所有綠色記憶

綠竹啊綠竹
我讀不懂你謙謙君子綠色的臉
但總算看清了你挖空的心思
懷揣著撒旦的斧斤
狠狠將我打回俗人原形

2020年10月

水墨畫：〈恬靜一刻〉／繪：施文英

灰冷的冬色

嚴冬的第一道寒意襲來

巴黎人都急成了瘋子

穿起晦暗的厚衣

在灰色的天幕下

無望地追尋秋天絢麗的色彩

拿著手機兀自叨念不休

比手畫腳向上帝抗議灰冷色

要求收回

彩色的禁足令

我把陷進幽暗的心情

放在火上溫熱

試圖將灰冷色調成暖色

借來一把木匙

細細攪動這一池狂傲

色彩的厚度濃度

慢慢浮現出來

正在暗自竊喜

一不小心　手一下鬆懈

一鍋煩躁轉瞬變得又糊又焦

2020年10月20日凌晨

趕車

沿著那些不認得我的路

趕往一些我還認得的路

快一點再快一點

前一個我催促後一個我

後一個我跟不上前一個我

空氣驚醒過來

參與追趕

追不上幽微的那一個

心驚暗黑的時分

那些錯過我的路

離我愈來愈遠

事情希望我的都沒有發生

車站拍拍我的肩膀

安慰我，好的事終歸會來

壞的事讓它先走

不認得我的路還是不認得我

我認得的路等著我去相認

2020年7月2日凌晨

相信

無明的生活
現出灰心的影子
幻滅感如同黑色的幽靈
在我的周圍流蕩
色彩決意與我分手
渡過秋水消失不見

我依然相信
那隱祕的水不會斷流
在有用與無用之間
陽光會從縫隙中
曬出純粹的美

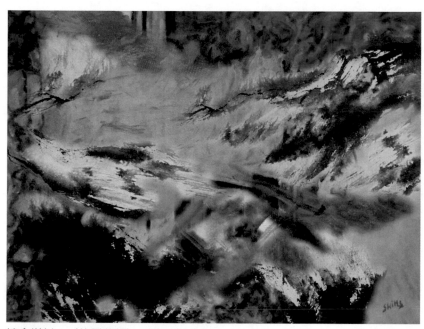

綜合媒材：〈放飛夢想〉／繪：施文英

傷

窗玻璃上
串串的淚痕
是誰
傷了天空的心？

2019年10月

崩

脆弱
來得這樣突然
匆促間
來不及
乘上
勇氣的翅膀
逃走

2019年11月

堵

屋簷下一道鋼管　默默奉獻自己
水的電流每日緩緩注入
青鳥飛過，口中的樹枝土石落入管中
堵住了水流
活力與理想從此再也無法傳遞
沒有能力與這個浮躁淺薄
喧鬧的世界抗衡

2012年12月

公路旁，流浪漢

大都會中
無家可歸的人
睡在光亮裡
車燈、高速公路的燈
永恆照亮
貼著地面的
灰暗臉龐

柏油路
車聲隆隆
一輛又一輛
轎車疾馳而過
暗色車窗後
盛裝的紳士
面不改色

2013年5月

刊登於香港《山風》詩刊2022年第10期

蠟筆畫：〈流浪漢〉／繪：施文英

哪一個是你真正的樣貌

再見你的時候
我們用什麼形貌相見
秋冬的面目　還是
春夏的容顏

許久不見
對你的記憶
被擠壓成
一個水分子
因時因地變異

有時溫柔似水
倏忽冷漠如冰
突然間
不聲不響變成氣體
從人間蒸發

2021年1月

雷雨

呼吸著炎陽沉重的氣息
我躺臥在青青草地上
雲朵結群向我擁來
綻開成紫蘿蘭　秋蘭花
香味迅速消散在悶熱的夏風裡

我站起身拉舉雙臂　攀住雲的四角
遨揚在無邊無際的穹蒼
怎料我的調皮觸怒　正在
安享寧靜的天神
驅使風雲團團將我圍住

水珠點點聚集　串串急速降落
瘋狂奔馳在我的四周
我拼命跳跑，快，快
在水怪將我溶滅之前
逃離這漣漣猛獸的襲擊

淡然看待生死得失
這一片草地始終從容
自在洗滌她的肌膚
映照出魑魅靈異的水氣

穿越這一簾波動
究竟涅槃

2021年6月

水墨畫：〈水火之詩〉／繪：施文英

樹

一心探索宇宙空間有沒有邊際
毫不理會自己承受了多少風吹雨打
看透了傾軋紛爭的人世
只關注日月星辰的對話
為天地貯存正能量
為古往今來蘊釀無盡的詩意

用莊嚴的手勢　指引萌發的綠芽
默默傳遞給新葉神奇的大能
翻掌覆雨　合掌
保守住一個宇宙的祕密

如果有一天被斧斤砍伐
只祈求　經由這一輩子的修行
收穫佛陀的加持
借來天上的一束光
再現落地生根的記憶　重新發芽
寄望有一天
曾經在樹葉下哭泣過的雨滴
會破涕為笑　閃爍在枝椏

2021年7月23日

閱讀春天的日子

春天加快了繁華的腳步
踏上鳥鳴聲綴成的綠毯
我抬頭丈量天空
低頭閱讀簡單的日子

蓓蕾提早迸裂去冬的寒衣
不聽雲朵　瑣碎嘮叨
不耐煩的蟲蛾
用剛成形的小翅
頂撞金色的蛹
破解初生的祕密

不知名的小草
牽掛著藍天
不理會風的聒噪
沿著斜坡一直綠到菩提樹下
聆聽寺廟的鐘鼓木魚
修煉生命力

2021年3月2日

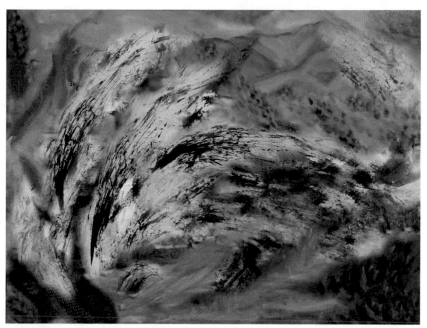

綜合媒材：〈春之舞曲〉／繪：施文英

迷航

啟航，遠行
開始一次愛的冒險
地圖上　沒有標明確切的位置
方向感不好的你
找不到地理的疆域

靈魂　裝上魚的腹鰭尾鰭
就這樣順水波劃動
航向夢的另一端

搧左鰓　動右鰓
卻呼吸不到陸地的氣味
惶惶然迷失在空間的心跳裡

再燃起一股奮勇的氣慨
換乘海的翅膀
高飛遠揚　依然
攀不到遙遠的象限
跌落在時間的刻度上

你吟唱舒伯特的逝水
用生命的色彩　譜成

水上之歌

當心靈達到漂泊的極限

看夠了異域的海市蜃樓

你終將倦勤歸來

守著靜默

守著一角

失樂園

2021年9月25日

生之火焰

生命是一個巨大的創傷
在一次雪崩下殘存下來
苦澀的笑如花朵綻開
悲憫的姿態卻不自覺擺出

我想重新開始
尖腳旋轉
感覺更新更強的暈眩
點燃起活生生的火焰
用烈火再一次熊熊燃燒
從過去的煙火裡
挖掘出灰燼

2021年10月23日

水墨畫：〈天地之間〉／繪：施文英

等

天未亮
戶外長椅上
有另一個我準備離開
依依不捨向身子告別
目送靈魂
到長廊盡頭

孤獨身影
在花間尋覓徘徊
褶皺在雲層間
寫滿憂鬱
是否還在苦等
離去的那人回頭

2021年9月12日

微曦

鷺鳥的振翅
驚動瞌睡的樹叢
借來一道光束
喚醒沉入夢鄉的水滴
伸展一彎彩虹的懶腰
在金色的光亮世界
悠然夢遊

2021年9月15日

臥佛

燃亮那盞佛燈
一個失誤
碰倒書架上
一朵石蓮花
緩緩　跌落桌前
躺成　一尊臥佛

2021年11月27日

留下相遇的美

酒吧間尋她不在
沒人知道她飄浮到哪兒　尋覓生命
找人聊天　咀嚼各自的靈魂與思想
或者去哪一個空間搭起一些拼湊的桌椅
同病相憐的人相互捕捉彼此的心

不對生命抱存希望
只是勾起記憶的一種笑談機會
一次又一次笑　卻不知為何
疲於那些上流社會的夜晚
研究什麼酒品味高
什麼酒價格不菲
這裡不必費神
一種活生生的酒足夠

拿開戴了一天的面具
卸下每天扮演的社會角色
在滄桑裡停步
借問活得有多累

簡單生活就好
留下相遇的美

2021年1月8日歐洲詩歌春晚

碗

碗外　刻劃出花樣年華
碗內　盛裝著鎏金歲月
碗底　沉澱的卻是俗世的苦痛
陳年的憂傷

歲月流逝　我只祈願
碗的心像詩歌的心一般清澈
裝得下　有情有義
發光發熱　還有
對未來美麗的夢想

此詩入選2021《歐洲詩友沙龍》第2期

十七歲那一年

大街上那些房屋都緊皺著眉頭
窗戶開向遠方的渴望
那一年我望見天際的藍色靜聽自己的心音
塵土飛揚的道路上那些樹木伸長著枝椏
直到把傷感傳入雲層的深處

靈魂不論關閉在什麼樣的教科書裡
都要破頁而出
那一年我只關心那些神祕的事物
以及另一個世界的故事
傍晚時分飄蕩在塵埃中與榕樹間的悲歌
變得與我休戚相關

一身縞素　滿袖記憶　走向
孤零的荒蕪小徑
舊的生活終結　新的生活未知
那一年我自雕成哲學家之姿
不是仰望星空　就是冥想苦思

2021年3月15日，此詩入選《歐洲詩友沙龍》第4期，

《世界華人詩歌精選2021/World Chinese Poetry2021》詩集》

星塵

星際時代的聲響
遠在你我出現之前
就彈奏了一種詩琴的樂音
拉開序曲
在寂靜之上
在遼闊之上

空無中灑落稀疏的敲擊
閃亮起
夜空億萬顆晚星
迸擊的火星　逐漸稠密彙集
節奏撼動光年

星海　微塵
火花響徹天際
碎裂了大地的重量
休止　真空

搖醒自我吧
召喚回　迷失在寰宇中

遠遊的靈魂

2021年8月20日，此詩入選《歐洲詩友沙龍》同題詩頁第14期

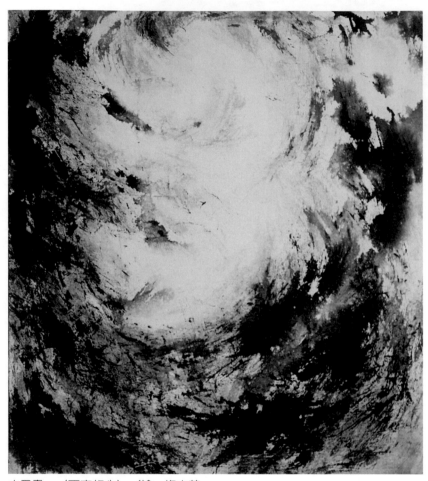

水墨畫：〈不忘初心〉／繪：施文英

路

總覺得時間不夠
總是在趕路
彷彿趕著我
今生的勞碌
到地平線外

縱橫的路
將足音攔截
再種在別處
我再也無法找到
光陰的足跡

風追著塵埃
卷起髮絲蓬鬆的雲
散亂了我
疊疊錯錯的
空中詩行

2021年10月12日，此詩入選《歐洲詩友沙龍》同題詩頁第17期，

《世界華人詩歌精選2021/World Chinese Poetry2021》詩集

油畫：〈諾曼第夕照〉／繪：施文英

空中之城

早已失去了丈量的工具
我無法探測你的維度
只能茫茫然
在虛實之間尋找你

問遍粗心的風
都不認識你
終於有一天
一縷孤傲的魂魄飄過
吹裂天空
叩開了你的門扉

哪怕根植於深愛的土地
嚮往的總是虛實不明的你
千方百計捕捉
在你的牆門之上
那朵善變的雲

寫一首殘敗的詩貼上城牆
不為歌頌你
只算是一篇祈禱文

祝願這牆　這門
永不消失

2021年11月11日

此詩入選《歐洲詩友沙龍》同題詩頁第19期

良心

鐵鏈　一定是用獸心打造
狠狠鎖住親人的牽掛
圍堵少女夢境的星光
月亮　被異化的文明
擠壓得變形

作惡的風聲　碾碎了鳥鳴
每一道迴旋　背負著骨血
每一個晨昏　尋找落地的心魂
世間的叢林　彌漫著愚昧的氣息

那破碎的父母心　能否
喚起丟失的良心
被拐騙的日子　該怎麼修補

2022年2月16日

此詩入選2022年3月2日，《歐洲詩友沙龍》同題詩頁第25期

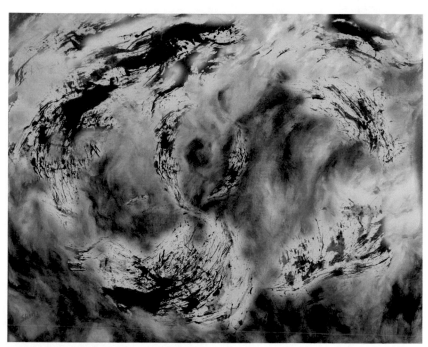

綜合媒材：〈迴旋曲〉／繪：施文英

窗戶開向春天

小園的方寸土地
刻上香氣和未來
紅了虞美人
藍了忘憂草

家具點燃起貧困
老牆綻放出
微小的生之氣息

空腹
笑顏

灰暗的陋屋
搗鼓著
舊日的傷懷

推開窗
就能呼吸到春天

2022年4月15日

揮霍一個季節

我們只有一個季節可以揮霍
再認真相愛一次
來留下抒情的記憶
我們只有一座廢墟可以築夢
來圍起街角公園的情調

一幅水墨畫收卷了日月
留下迷茫的星星
我們只有一株樹苗可以灌溉
沒有枝椏的安慰

彈唱變調的古琴
我們眩惑於浮凸的閃爍不定
只有玲瓏能夠讓存在變形

你如此凹陷的低調
謙遜得只剩下流淚的雙眼
甚至不足以承受輕得像水滴形的炮彈
罔顧世俗，擁抱，歌唱
我們相約一起去流浪
學在魚缸裡洄泳的劍魚

撥動即將溢出的
幸福

2022年6月16日

榮獲2022年第六屆世界最美愛情詩大賽桂冠女詩人獎

夏日之約

夏色在豔麗的陽光下睜開雙眼
急急喚醒詫綠的大地
像頑童一樣在樹椏間跳躍嬉戲
擲一把鏽紅色
染上松雞的頸項
再點燃棕色的火焰
照亮狐狸和鼬鼠的外衣

熱氣滾滾的舞會開始了
樹林裡充滿了可愛的喧鬧
我輕裝赴這場盛宴
啜飲著暑氣蘊釀的醇醪
我假裝醉了
結果經不起熏風的一再吹拂
真的醉倒在這一片
溫柔節慶的倩影下

2022年6月8日

此詩入選2022年6月16日，《歐洲詩友沙龍》同題詩頁第32期

綜合媒材：〈綠夏〉／繪：施文英

（此畫在2022年 8 月，中國藝術平台舉辦的「首屆中外藝術家美術書法藝術精品聯展」中，榮獲一等獎。）

動物園裡的猴族（組詩四首）

18世紀 —— 狒狒

那繞走不停的鐵圍欄
是一支一支鐵筆
紮在你的心上
從你的血脈裡
雁群整排出動
在天空爆裂成人字形

你的聰明不能改變你的命運
反而加重懲罰的風險
石頭流淚
你凝視無助的悲涼
聆聽時間的聲音
一點點轉弱

人類對你嘲弄戲謔
你的眼簾撥開得再大
也看不到宇宙的真相
那日積月累下苦悶的靈魂
絕望地發黴

19世紀 —— 猴子

天空逐漸開闊
鐵欄推倒　改築溝渠藩籬籠舍
生活依舊被寒冷毆打
日子是一連串枯槁的放逐
希望是你唯一可以傾訴的物件

外貌和人類相似
沒有為你贏得尊重
雜耍演戲　不停打躬作揖
只換來千種淡漠的眼神
欣羨那無尾熊
慵懶貼在桉樹上啃齧樹葉
不必付出一丁點努力
平白收穫掌聲如雷

突然有亮光現世
你以為是上帝垂聽祈禱
那只是閃電後
開在天空的明亮之花

20世紀 —— 蕾涅特*

你橘紅色的毛衣豔冠群芳

在巴黎的猴宮

瑞典醫生孟德

和你長久面對面

用治療巴黎名人的那雙手

溫情串起關懷

沾滿　莫泊桑　亨利詹姆士

文學的氣味　濡染你

名醫暫時放下義大利廢墟中

重建的教堂

懸壺於巴黎

充滿柔意的眼神

令你興奮得抖動起

東方猴王久遠的記憶

在靈魂深處

飄逸出陣陣

花果山的芳香

註：蕾涅特，一頭紅猩猩，誕生在巴黎植物園中的猴宮。瑞典醫生孟
　　德，在義大利的古羅馬皇帝別墅的廢墟上，重建了教堂。他曾寫下
　　風靡一時的《散米雪兒之書》，說及和大猩猩面對面的溫馨時光。

21世紀 —— 溫斯頓*

你挺立著　如一座赭色的岩
大千世界在你面前歡騰　慶賀
聖地牙哥大猩猩居民溫斯頓
第一個從動物園護工那裡
自然感染的新冠病人
戰勝了病魔
重獲新生

你挺立著　做自己的主人
不許日子隨意擺佈你
即使體弱歲高　疾病纏身
也不讓病毒任意按倒在地

你躺臥在快樂的苜蓿叢中
聽一向文靜的百合唱饒舌之歌
身上新長的潦草句子
留給風去辨識吧

你挺立著　不懼病毒
今後可以拍響胸脯

無愧於先輩　齊天大聖

人類終於懂得尊重

用領導親身試過的療法

治癒基因相似的你

驕傲感使你走出病體的軀殼

像如來佛　步步生蓮

一路繁華

註：1984年到達加州聖地牙哥的大猩猩，2021年1月26日被新冠病毒株感
　　染。戴上手套口罩的無症狀的動物園員工，感染了49歲、和人類基
　　因相近的溫斯頓。經醫生採用美國前總統川普（Donald Trump）嘗
　　試過的療法後，已完全康復。

　　　　　　　本組詩榮獲2021年第二屆「猴王杯」華語詩歌大獎賽佳作獎

追尋飄失的詩句（組詩四首）

（一）

剛剛成形的那串詩句
經不起一陣風
就輕輕飄散了

我奔跑在小區
缺少林蔭的林蔭大道
沒有花園的花園路
尋找它飛過的痕跡

那串詩句　在我
最不期待它出現的時刻迸出

在庭院沉靜的撕裂裡
暈染塵埃的木桌上
突然間　詩句
從咖啡杯底升騰

最小的波長也能引起心的顫動
空氣的呼吸　牽引著永恆的困頓

杯盞　階梯　線軸
依著無聲的序曲　奏起樂音

詩意隨著地心引力　浮沉
一失衡　風就趁機劫走
沖向虛空　飄入虛無

（二）

那曾經散發著花朵香氣的詩串
浸潤心智愈透徹
香味喊叫愈激烈

飛躍過
麥浪　草浪　海浪
哪一樣配得上
花香的節奏
生命怎樣催生
花瓣的柔情

飛機掠空而過
是否帶走了詩魂

蝴蝶拍動翅膀
是否驚擾了花的芬芳

它在哪裡流浪
出走或挽留　無法估量
接受或拒絕　判斷不出

（三）

夜幕逐漸降下
又是一天消逝
少了那串詩的裝點
平凡的日子更加平庸
我的微小世界
迷失在灰暗的城市裡

我怪自己沒有全神貫注
把詩句釘牢在紙上

一不小心它就逃脫
或許停在那頂藍雨傘下
或許在那美麗姑娘的髮上

每一朵詩句的綻放
都有自己的時辰
自己的生活方式
我不能阻止它
化為輕煙　變作微塵

（四）

不知道完全不知道
繆思裝聾作啞
詩句被誰挽留

追趕什麼都沒有用
只有等待
等我的詩句回心轉意
迷途知返　像一隻白鴿

它什麼時候飄走
幾時　幾分　幾秒　我不追究
內在的時間　外在的空間
都不再一樣　只留下
日子的純粹或者汙濁

日子是什麼
年　月　日　我不再丈量
生命的時間　在每個人身上
不是平等的逝去

風的喘息
柑橘的滋味
是生活的微光　還是
森林裡綠色的夢

2022年4月

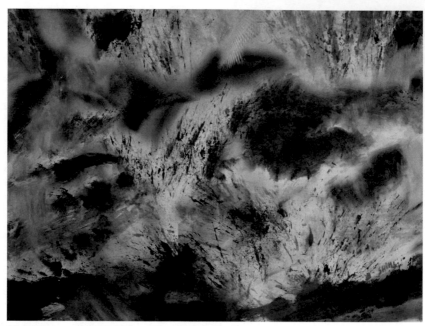

綜合媒材：〈詩意浮動〉／繪：施文英

童詩三首

耳背

放學回家
我大聲講話
外婆卻說聽不見
喚我到她耳邊
靠近，再靠近
一陣香氣撲鼻
原來外婆頭髮上
插了幾朵桂花
她不是聽不見
是要我聞一聞
她髮際間的幽香

牧牛

牧牛人帶著牛群上山

爸爸，牛也像火車一樣

有停靠的站嗎？

終點在哪兒？

牛群上山

和火車無關

那是去滑雪了？

不是，是去放牧，吃草

如果弄壞了草原，會不會拿到罰單？

不會，不會

沒有人會罰牠們

草原滋養了牧牛

牧牛也將養分

回饋滋潤美麗的大地

海

船在海上走

船有腳嗎？

如果它行走在水上

它一定有腳

就像鴨子一樣

只是我們看不見

為了要留給我們

美麗的印象

輕輕濺出水花

劃過一道又一道

清秀的水痕

三首童詩入選新加坡《四海童詩　群星閃耀》詩集，懷鷹主編

（2021年6月，四海·文學雅舍出版，第77頁）

作者簡介

　　施文英，台北及巴黎美術、文史雙碩士，曾任法國《華報》副總編，翻譯法文小說《難忘里昂情》、出版散文集《巴黎單親路》、學術著作《中國剪紙的形式與演變》等。屢獲全球華文散文詩歌微小說獎；作品見文學報刊如中國大陸《廈門文藝》、《散文》、《野草》、《天池小小說》、《羊城晚報》、《香港文學》等。中篇小說《菊花湖》刊載台灣《印刻文學生活誌》。水墨及油畫作品入選巴黎秋季沙龍，巴黎藝術至尊沙龍等，個人畫展多次，作品為私人收藏。

近年獲獎記錄：
2009年華文著述散文佳作獎
2016年第二屆全球華文散文大賽優秀獎
2018年廉動全球徵文大賽二等獎
2019年第二屆中國徐霞客詩歌散文大賽三等獎
2019年墨爾本全球微型小說優秀獎
2020年首屆汨羅江文學獎九章獎
2020年武陵杯微型小說三等獎
2021年第二屆「猴王杯」華語詩歌大獎賽佳作獎
2022年第六屆世界最美愛情詩大賽桂冠女詩人獎
2022年首屆中外藝術家美術書法藝術精品聯展一等獎

本詩集收錄作者施文英的畫作，水彩、水墨、油畫、蠟筆畫、
綜合媒材共十八幅，依序是：

綜合媒材：〈沖出太虛〉

綜合媒材：〈新赭〉

綜合媒材：〈悠悠歲華〉

水墨畫：〈心之咆哮〉

水彩：〈收穫〉

油畫：〈生之韻〉

油畫：〈船〉

水墨畫：〈恬靜一刻〉

綜合媒材：〈放飛夢想〉

蠟筆畫：〈流浪漢〉

水墨畫：〈水火之詩〉

綜合媒材：〈春之舞曲〉

水墨畫：〈天地之間〉

水墨畫：〈不忘初心〉

油畫：〈諾曼第夕照〉

綜合媒材：〈迴旋曲〉

綜合媒材：〈綠夏〉

綜合媒材：〈詩意浮動〉

語言文學類　PG2826　秀詩人104

海面寂寞得離奇

作　　者／施文英
責任編輯／石書豪
圖文排版／蔡忠翰
封面設計／劉肇昇

發 行 人／宋政坤
法律顧問／毛國樑　律師
出版發行／秀威資訊科技股份有限公司
　　　　　114台北市內湖區瑞光路76巷65號1樓
　　　　　電話：+886-2-2796-3638　傳真：+886-2-2796-1377
　　　　　http://www.showwe.com.tw
劃撥帳號／19563868　戶名：秀威資訊科技股份有限公司
　　　　　讀者服務信箱：service@showwe.com.tw
展售門市／國家書店（松江門市）
　　　　　104台北市中山區松江路209號1樓
　　　　　電話：+886-2-2518-0207　傳真：+886-2-2518-0778
網路訂購／秀威網路書店：https://store.showwe.tw
　　　　　國家網路書店：https://www.govbooks.com.tw

2022年10月　BOD一版
定價：250元
版權所有　翻印必究
本書如有缺頁、破損或裝訂錯誤，請寄回更換

讀者回函卡

國家圖書館出版品預行編目

海面寂寞得離奇 / 施文英作. -- 一版. -- 臺北市：
秀威資訊科技股份有限公司, 2022.10
　　　面；　公分. -- (語言文學類；PG2826)(秀
詩人；104)
　　BOD版
　　ISBN 978-626-7187-10-4(平裝)

863.51　　　　　　　　　111013421